歌集 遣らず

平井 弘

短歌研究社

遣らず　目次

遣らず

装画　平井　弘（円空仏）
装幀　望月志保
（next door design）

ぐらでえしよん

石くらゐは包めさうなしんぶんを石はつつまずにとどけてくる

美しいといふ字のかきだしはひだりうへからそれもそつとそつと

根つからきらひなわけではなくて白根までのほんのぐらでえしよん

画面のどこがかはつたでせうていどには目をこらしてゐたのだつた

なにかされてゐるしんぶんの大見出しそれはそれとして雨ですか

踏まれるまへにとおもつて読んだのだがそれでも結果はのつてゐる

ここになん年になりますかさういへば走らない人ばかりだなあ

ひだりからなんかが動きますがこちらが動いてないせゐですから

鳥のあしみたいな小枝がおちてゐていまきたはうを摑んでゐる

ねえむうみんこつちむいてスコップのただしいつかひかたをしへます

どうしたつて若いのがさきにたてられてぐらでえしよんのみづ糊

いつのことだか思ひ出してごらんだからあんなことなかつたでせう

こぼれつづける粉についていく着火するしないするしないするせよ

頭に落とすにしたつてやんまぶらさげていくには夕日はむりだ

そんなにない街なかの石ひとつくらゐは投げられたことがあるか

傘のさきでいぢるのは豆乳のふくろこれつぽつちこれつぽつち

ればなると春の御籤のおつげ言おぢやるおぢやればおぢやりおぢやるる

裾ぼかしでせうかさね刷りぐらでえしよんがすきでもうぼかされて

折り紙のどちらをとつても帆でなくてもちかへるたび重くなつて

なにえう日でせうか平井さんこのまるに色を塗つてみてください

眼圧をはかりますねまだ美しいものをみなければなりません

水切りをかさねてしをれたのを捨ててもたせた仏花のことですね

三つさきまで赤です花のみづにからす跳びしてなかまがおりる

この群れがいつてからでいいふくろの小麦をおさへてとほればいい

聞いてはゐたからいいやうなもののこのあと瘡蓋にはふつかのち

これからのことを話しますかさうだな雨になるのは昼にかけて

あへて反歌

昭和のおまへもそんな啼きかたしてゐたがくうくろうくるふくらふ

たむたむ

供へたみたいなみちばたの小菊ここではまだ死んだものはゐない

目をおよがせ往きちがふだけのこのいぬとはよい時間がもててゐる

まづいことにこちらからは読めない死ねとあるあたりでいぬが屈む

まへがみえないくらゐ雨でふくれ踏まれてゐるがいいなスズメバチ

植ゑこみを踏んだところからわたつた猫がいけませんまるいちにち

タリバンとタンバリンわたされた紙でたむたむかわいた音がする

あとからだ二つほどのところでさがつてどの大根もとどかない

どの本棚からだつてほんたうのところアンネのへやへはひれます

コルクの栓がびんのなかへ欠けるそのやうななくなりかたつてどう

逆さにしておけばまだまだ出るつて歯みがきのことにまちがひない

とぶまでもなかつた脚をたらりとくはへて跳んだのはからすのはう

だいぶ褪せて陶犬とわかるのがかれこれ二ふんこちらむいてゐる

討ちとられたやうな花梨のころがつてゐるあたりがもつとも笑ふ

いぬが気にせず踏んだところは自宅までの図からはぶいてあります

切り忘れたマイクがひろつてきつとこんなぐあひに了るのだらう

蛇の渉りきるまでをまきとるにはそのあたりのじかんが足りない

もうなにかわからないものの蛙のやうなものカヘルひとつの順に

溜め池

くぐつて下りていける溜め池のこのあたりで溺れたとはきかぬが

出たのか入つたのかはともかく水草にあいたあたまほどのあな

探してゐるのは犬ですけど私もいつしよにゐるかもしれません

もうながらうからとかへつたみづ辺にあがつてなんだただのなが靴

川からあがつてきた人に聞いたところでは生きたいものは沈む

近よれば読めるくらゐにかすれてさうかこのあたりは危ないんか

先にかへつてゐた犬に後れてリードをもどす釘がうつてある

*

あからさまに厭な顔をされてこのさきも黒くなりさうなからす

まあなさういふことだらうよ盛りの花にかぎつてくもの巣がない

はじめから手に鎌などついてゐたらたまらなからう蟷螂ひとつ

剝りぬいた南瓜の目口をおもしろがつてあなたのはあるでせうね

ずいぶんと忘れることができるものでたぶんまだ殴られてもいい

芒を折りながらいくのはよしたがいいまだ帰るつもりみたいで

花蘇芳のからだいつぱいふきだして見てたらもう痛いのなんの

おほいのは差別にならず三ぼん脚のからすがボールを押さへる

杭のかぶるゴム手袋が来てみろといふいいからなにもないから

ぬいた穴は埋めてくださいそのあたり大根がかへつてきてゐる

火を放たれないうちに逃げな乾ききつて塩ふくシホカラトンボ

好ききらひならば叶だがものいひたげなこまいぬに八月がくる

柔らかい手だつたのだらうここまでぼこぼこにされてもアルミ缶

なんだいま落ちたのが飽きられてさいてゐた凌霄花のをはり

どこからが花なのかあいまいなところがいやというても花水木

もともとゐないからすぐにゐなくなつてともかくも蛍まつりとか

いそぐなよ

生まれようとかさなる卵みたいなのきしたの玉葱いそぐなよ

昇りながら下りる煙をみたあのときなにをおもつてしまつたか

売るのは蕨もちだけだとかアザーンのわらびもちやがうりあるく

沈むまへに足をぬいてとかげが走るあのときはビルにむかつて

しつかり見たはずだつたが解けてしまつて蕨たちのゆびめがね

蔓どうし絡まつてどこまで登れるものかいいからやつてみなよ

＊

無人のどの売り場にもどうやらひとつづつゆふ日がたちよつてゐる

空まはりだからいいのであつていさんでもあきボトルの風ぐるま

たくさんの人が歩くこのじかんにゐるのだから鳩なのだらうよ

もう見えはしないがいちばん晩くまで昏れなかつたそのひとのかほ

盗つていくものがゐて被せてある網のいちじくさうかうまいのか

おほむね最短でないのがいいらしくどの蟻も骸までのみち

通りすがりのものですがとゴーヤがいひいふとほりにゐなくなつた

自販機みたいでどうもいけない夜どほしあかるいこのさきのさくら

散薬のつながつたふくろが踏まれてゐるいちにちのこのつながり

まだあひこのままザリガニのはさみが用水に食べのこされてゐる

増したみづに溺れるのがならんだままといふのも早苗つらからう

かくんかくんと顎のはづれてゐるやうなあるきかたでいぬが帰る

めうが

おやおやこんなところでしたかとせいかつを捨てたたたみから茸

きのふからそこだつたか花梨の実もうひとつしたの枝とおもふが

半減期つてほどのはなしでなかつたならとりあへず昼はうなぎ

かりかりしてゐるのはいいえうなぎの骨のことかりかりしてません

さかさ吊りの鴉よくできてゐるがきのふと変はつてないからなあ

すきなのはどちらなのつて急かされてもとにかくこの木蓮はしろ

動きをとめてあるのがどうもいけない画面におきあがらないひと

嚙んでしまつたうちほほの血まめを味はつてゐたのではなかつたか

とにかくこのままでゐてはいけないと蛞蝓の跡がみちをわたる

伸びすぎたほとけのざがあぶなくてさういへばだれも坐つてゐない

たまらなくてはひ出した蚯蚓たちのくるしんだのがいろはにほへと

摑めさうだつたのだらうが蟬のあしのなかなにもかかへてゐない

やつてしまへみおろして鴉そんなに啼くものだから　やらうかなあ

おほすぎるとだれも摘まないつくし数つてさういふことだつたんだ

なすの馬の脚のういたいつぽんだけがいまもあるいてゐるつもり

あとを追つてはひつていかなかつた影がまはりどうろうをみてゐる

殴ちするゑられてとなりからきたへびをとほらせるとなりまでの今生《このよ》

拾はうとしてめうがの花とわかつたときなんねんなくしたのだか

追ひつくことはないのだらうとりかへしつかぬ時間のあとをやんま

死んだもののにほひつてこんなによかつたか刈りあといちめんの藁

穴ごとたべたれんこんにだめだあの場のくうきがのこつてしまつた

むき（０へ）

うつかり白線のひと形とられてしまつたやうでどうもいけない

咥へてきて吐いたまひまひかなにかああと訝しさうではあつた

田にそろへるれんこんにも折れるむきがあつて関節ならさうさう

カラシニコフのやうなれんこんの重さいやかんがへさせてもらはう

めつさうもない巻くはこしの支へおほそれたものではございませぬ

倒れるにもあなたたちのはうへ教へたわけではないがゐのこづち

きいてゐた蓑むしはおほかつたらう潰されるままのやうだつたが

囲つたからなくなるほかなかつた白いひと形のうちがはのひと

日がないちにち呆けてふはふはゐのころがおのれをあやすいいなあ

れんこんにはこのやうにくるのだらう穴いつぱいに泥がつまつて

見るひと

むかうがはをとほるぶんにはさし障りがなくて階下へおりるみづ

後ろからはひつていつたトラックがいやだらうほら荷台をあげる

危ないはうを摑むつてひとまづは蛇のはなしでよろしいですね

イチローの膝のあたりといへばいいそこでさたうきびが折つてある

つつく咥へるのみこむどのあたりでそいつはあらはになつただらう

いぬが腰をおとしてゐるそのあたりになんでも積めるところがある

むりやり言はされたやうなコーラ缶のプルトップなにをいつたのさ

みるたびにこちらを見るひとが映像にそれでもこちらをみてゐる

こはれないで落ちる高さはのうぜんかづらが攀るこのあたりまで

とりやすいところに手がくるのはよくできてゐてベッドのこの高さ

別べつのひとを忘れていくのにどうして集まつてゐるのだらう

たまたまにしても踏まれるまへにこの蝸牛はひきかへすところ

青いシートがかかつたところから五ふんをちかいなとおもへますか

喩としてならできるのではないか倒したくるまのうへにのつてゐる

このさき石をなげることがあるだらうかたまたま落ちてゐたとして

へびのこと

くちを割つてしまへばらくになるといふおほ木通いふなよいふなよ

ふまれた蟷螂だらうこちらは藁つまりおなじになれるつてこと

わたしには見えないものを拾ひながらくる鳩つてやつぱりこはい

目ばかりのをんなを見てゐたからそこから入ることくらゐはわかる

かなりむかうへ放つたからいやなんでもない蛇のことへびのこと

どう唄つてゐたのかなどいいではないか紫陽花はみづでしかない

疲れがでるのはこのあたり出ていつた猫はとつくに戻つてゐる

肩ひもをおとしてをんながおもくなつた庭のかたつむりがずるり

ゐるのかゐなくなつたのか耳のおくにはゐないよつてことしの蟬

つめに筋がはひるのはよくないらしくてからす瓜割れそこなつて

電柱のしたに鴉がゐなくなつたらこれはこれでまたさびしい

だれそれからだれそれへひつかき傷のたてよこななめにアキアカネ

みづ糊のやうにふうじこめたのだらうゐなくなつた糸とんぼたち

だけどなあおほ屋根をこえていくやんまそんな一途はもういいのに

手ぶくろで触られてゐる春だつていふのにつめたいそこはレバー

けんたうをつけたにしてはそのあとの鴉あるきのかなりの歩数

帰つて来たところからはじまるのがおもしろくて裾のゐのこづち

からす

とほくに降りたのをちひさく見たのがはじまりでからすが解らない

あふられた毛布のやうに降りてきたおほがらすなにを掩つたのさ

土やくさを踏んだ脚ではなささうなからすがなにかをやりすごす

水たまりに映つたものをつないだらごめん艤装のまつただなか

守りにはひつたのはまへの晩ですなんだかおほきかつたんだもの

水たまりがいまを映してゐないことといつておくべきだつたかなあ

ごつこあそびのいろ水は赤くてさうさう紙なんか漬かつてゐて

いちどならずといはれるとなんですがこれまでも黙つてをりました

むぎ畑のあんなに黒いのがからすであるうちはいいつてことか

からすおまへ笑ふけどほんたうに危ないものなど見えてやしない

見えてゐるものからなくなる木の椅子とか腰かけてゐる人だとか

ほんたうに桃とおもへるうちはいい桃だから手にとつてごらんよ

喩へるには鴉がてつとりばやいからずいぶん道におりてゐる

＊

たまにはゑのころを抜くがいいいいろはにほへとと書いてみればわかる

話しかけられたところで決めるとしようこんにちはとかは返して

いいから戻して戻してこはされるところではなくもつとまへまで

仰むけつてのはどうもいけないしをり紐をみんなしておりてくる

目を瞑つて五つがやつとどうなんだらうねえみぎによろめくのは

もうわらつていいだらうと鴉がいひまだまだとからすがわらつた

難聴なもんできこえてますのんやろなけふもとほくでらつぱの音《ね》

ハナミヅキ

雪になつてしばらくは生まれるものより消えたものをおもつてゐた

毛布をかぶることでちかくなるいたみのおほくのうちのおやしらず

この道しかないのならばともかくいつたきりの人だつてゐるから

鵶ならからすでいいのだしおほいのならおほくたつていいのだが

穿刺しませうつてせんしですかとききなほすハナミヅキのうすべに

声に出さなくてもいい同意はただあづけてくれるだけでよろしい

ふたつ折りをひらきますねまるいからこれは血の痕ではありません

絵がどこか変はりますわかりましたかあなたが居なくなつたのですが

見落としたものがここからならわかる翼をふつてもどらうかなあ

ぶーめらんだつて戻つてこないことがあるとほくのブーゲンビリア

玉砂利を敷きつめてますばうはんのためですがかうべは低くして

丸太にのつてゐた蛙のことならだいぢやうぶふあんがつてゐない

使ひみちによつてはこのはうが潰しがきいて　はい、てつの斧です

聴こえなくなつてとりのこされたとき笛はじぶんたちが吹いてゐた

強ばつてゐるからわかるものです背なかのものが指でないくらゐ

枠いつぱいおほつたものがほんたうに鴉だとしても　だとしたら

石をうつたらとぶのだらう「ごむ管は採血にだけつかひませう」

現認しましたひだりによせてとめなさいさうさうさうしたらいい

くりかへしませぬでまちがひではないですねハナミヅキのさまがはり

いいねえいいねえいいねいえねいいねなにかお気にさはりましたつけ

とびあがつたのは鴉の影のはう押さへるところはおさへてゐる

こめかみの指のかたちを覚えておかうさうされたらいまはあなた

つよめに踏んでないと動きだすといひたいだけですがいけませんか

手はふたつながら使つてゐるとりあげたものならこのさい問はない

キスケ

ゑのころが揺れて忘れたのだらうといふおもはぬは同じことだが

坂下の雨をここまでもちあげてきた傘はもうのこしていかう

さつき降つてゐた雨のちかくまで来てゐたものに気がつかなかつた

あつたうてきなものを前にしたら見ててごらん鴉はさわがない

やをらといふおもむきがいい鴉のことだといへば横をむいたが

三つあればひとつくらゐにはかかはつてゐるかうなるまでのながれ

まもりのための家でも石なので投げるものだつたらなんとかなる

降りると落ちるのちがひならこの豆の木をつかはせてもらひませう

まつすぐにしか進めない鬼のためならふさいでおけばすむのだが

吠えたつて落ちないといつてゐるけどほんとにこの肉いいのかなあ

あけてしまつた穴は目にするとしてそのうへ口などとんでもない

穴が言ふのだつたらしかたあるまいべーたてらべくれるしーべると

さうかこの軍服がみえてゐないか王さまはうれしくなりました

石をつかへば飲めるなどとよけいなことは覚えなくてもよろしい

辛子がらみのふまじめはれんこんの重さがカラシニコフのやうで

あしひきの山鳥が踏んだのはまつぼつくりではなかつたのでした

ひとつひとつがすこしとどのへあふだけの位置どりで鴉が降りる

網をかけようものがちがふだらうにああと鴉のことばのすくな

沈んだところのふたつてまへまではみづ切りの石もその気だつた

ほんきでご飯をたべたことあつたかなあこのさきあるのは三どめ

スズメノテツパウだけで八字を使ふからあと撃つなつたらうつな

床に弾んだふうせんかづらの種のことでもうあたまはいつぱい

返してもらふそれだけでこんなに失つてキスケアオベエアカネ

はひつてないのはわかつてゐた盆提灯とにかく軽いんだから

キスケおまへひとりでやつてみたら繋いでゐるから手はつかへない

はとの脚のそろふみづ溜まりができてゐて同じことがみえてゐる

なにも慌ててしんがりにつかなくてもわかつてゐるこのさきも雨

用のすんだものからゐなくなつて大きさでいへば雀のじかん

どこまでがここなのだらうゑのころが笑つてゐて話はそこまで

おまへが鴉だつたときに

ここではじめて離れるのかゐのこづち動かなくなつたらいらない

声をかけあつてゐたから解つてゐるはずだ揺さぶつたのは鴉

口数のすくなくなつたあたりからなによ帰りのことばつかりで

おまへだといはれたわけではないから痛さを思ふのはやめておく

吊られたかたちが崩れてきたらまちがひなくわたしです鴉です

まだいいからおまへが鴉だつたときにみたことを話してごらん
わかる限りでいふのだがゐのころにこれはたとへとしての吸ひがら

耳の乾いてゐるところではわたしにもピンを抜くことができます

べつに石まで詰めなくてもおほかみはいつだつておほかみの重さ

食べられるまで母さんがくるまでどちらのちからをつけるのですか

おほかみに石を詰めたあとどんな子になつたかまではみえてこない

母さんに教はつたのはおほかみにはさうしてもいいつてことだけ

ＩＳの旗みたいに集まつてからすだよからす　このゆびとまれ

棒きれ棒きれくちばしにくはへていもむしを掘るだけですってば

欲しいのはいえなんでもないこちらのこと　では18といふことで

生きてゐるのよりころされたのがおほいといふ数字ですわかります

ここでとつぜんサルですが木登りはさせないそれでよろしいですね

駆けつけてやつたといへばとなりの栓をしめたことくらゐでせうか

おもひちがひされてゐますがそれでは鎮痛剤はもつていきます

らつぱをふいて来るといつたところで豆腐やがもう伝はらないか

さうだよおまへらがやるんだよロバはこの道をあるいて行つたのさ

見なされます見はられます見て見ないことにされます見ないことです

ほんとにこはいのはさかさの鴉をみてゐるさうさうあんたのはう

まつすぐに行つてしまつたんですねこのあたりにくると曲がれといふ

ちがふよちがふよゐのころがいふから帰らうかなちがふよちがふよ

あとでふる雨が消すぶんだけここをとほつたことを覚えておかう

群れのかたち

減るぶんだつたらみてありますから群れのかたちのそれだけ縦なが

進行はうかうにむかつてさうそれでいい後れるならはじめから

忘れるまでもなくいれ替はるおまへが生まれたのだつてそんなこと

家族つて膜みたいなもののあひだを歩いてごらんよあひだだよ
歩いてといふほどなんだけど離れると見えてくる身がつてさとか

先頭をゆづれるやうになつたつて母さんよろこんでくれました

もの怖ぢしないのがこの子のいいところわかつたよそんな遠まはし

食べ物なんだたべものなんだおまへ考へてたら食べられないよ

俺のかたちはおまへを見ればけんたうがつくいいから手を下ろしな

考へて争つてはいけないんだつてこれは食ふためのあらそひ

俺たちがまはりにゐるのは若いからそれだけのやうな気もするが

崩されたところはとほり路になりますとほればまだ生きられます

狭いほどいそいで通つてしまふんだよつてでもなあ押すなつてば

これでよからう後れるものを出すためにはやめる歩みなんだから

撃たれるはうでよかつたのかどうかおまへにもまだ聞いてなかつたな

追ひこむいや追ひこまれるですかね狩りとしてはそんなことでしたね

尾を垂れるな考へないでいくんだとをしへられてをりましたつけ

上からだようへからそれだからおまへことさら大きく見てしまふ

追はれるのはだめだ火のはうへ走れつてよくはわからないけどなあ

やめてもいいがたいていはさうなんだ舌打ちのもうすこし先だよ

そんなときはおまへ離れてごらん後ろにあるものまで見えてくる

つぶす時間があるのはわるくはないこのさきのことはわからないが

戻ってこられたらのことをそんなにたのしめるものなら愉しみな

集まつていいことばかりではないよなあ前へまへへ押しだされる

同じところを渉るのはまづいとわかつてはゐるがこんどは俺か

じぶんを仲間にしないのがやりかたでねまあ離れてみてゐてくれ

崩れるのはわけもないことといつぱうがひと足後れはじめるだけ

待つて得られるものなんかないさうさ追ひつけるまでが群れのかたち

鳩

あのときだつて飛んでみたんだらうなあはじめてのそらを鳩だとか

刷込みつてたしかはじめに見たものをへいわと思つてしまふこと

「内からの嘴ではかうは割れません」「よく観察できましたね」

うまいことにあとが育つてゐて笛がきこえてきてもいいころです

もうかなり変はつてきてますがさうですか不安ではないさうですか

疑つてゐないあひがもに網をうつこんどもはじめてのあひがも

声のはうへ歩いてからのかもですが並んでゐたとのことですね

あまり知恵のついてゐないうちのものをかもとしてはお推めします

鳩だとおもつて飛んだんだらうよ柵がはらはれたのならさうする

寝起きのいいかももさうでないのも藁にゐたかどうかだけのちがひ

むいかめのあさだからやってない工作とかはたけにある籠とか

忘れ物とりにもどつた家にかあさんゐなくてそんなものかなあ

気がついてもなにも変はらなかつただらうがうへだよ崖のここだよ

花がさきか灰かのはなしらしいけどつまりははなのはひつてこと

ほんたうに見てもいいですかもともと背中つてあつたんでしたつけ

石にですかなかつたとおもひますけど空にしろくぬけたのが鳩

繰り返さうにもなにもあれほどのかずなのにまだ落ちてきてゐない

きみたちも1鳩2鳩とかぞへなさい溶けてしまつてゐてもです

割つた殼をはつてかいたドームだからしろいのを鳩とみてしまふ

6と9だから15といふはなしマウスもダックもきかされたらう

ごはんのうへでエッグを割つたつて衛生にもんだいはありません

花をさかせる骨粉なんだつてなあにガーデニングのことだらう

船べりに下りなくてもいけるつて鳩のはなしとおもつてゐました

どうまちがつてもおまへ松のえだなど咥へていつてはいけないよ

じぶんのことにかかるころがよろしいのではならば朝といふことで

落として帰るのにためらひはなかつたかつていぬのことだろ犬の
動かしましたかさかひめに置いた花ですが動かしてみましたね

家族ですかもともと無いピースだからはとのかたちにしておきます

こちらがは

どこでどんな手ちがひがあつたのかここは雀のこゑのこちらがは

テンモードでいへといふあなたの近くにきてゐるものをいへといふ

目から入ればいいとわかるのだがなんだよナースの目をみられない

やけにたかい確率をきかされたあとの鳩ですが出てきますかね

耳栓をしてをりましたからには異をとなへるなどめつさうもない

気になつてゐたはずの部屋の隅のこの人とは目をあはせないまま
がらすが重いので雨がきこえない封じこめるつてなるほどねえ

ふつうでない時間が搬びこまれとまつたら出ていくそれだけだよ

熱があるのよねと触れてくる手の湿りがどうしやうもなくをんな

相部屋がをかしくなつて人がはしりこれつて歌にするんですか

鴉がおほいかとおもつたがさうでもない爺さんつれていつたな

どのをんなにも匂ひのなかつたことをめうにおぼえて退院する

忘れたいんですね痛かつたから誘導ですかいいえとんでもない

どちらにしても白爪の消えてゐたあひだのこと代《よ》がかはつてゐる

ぼつくひ

改まつていはれるとどうなんですかのつぺらぼうとちがひますか

ぼっくひに尋ねたところで黙んまり声ならあとで入るんだつて

握り潰してしまふところまでこぶしをかいたはうがいいのかなあ

上にあけておきますね煙もおなじところへ出ようとするもんな

撮られるだけとられておいたから俺なんかここにはのこつてゐない

ながい夏だつたこれやはり三十六といふかずになつていくね

このさいです目鼻だちだけでもつけてみませんかいえあなたのです

だめ

ロバイヌネコニハトリ歩いてきたものを書きとめただけなんですが

蹴らなくたつて爪をたてなくたつていやあなた吠えなくつてもです

ネコイヌニハトリロバいえそんなことは問ひませんロバニハトリ　だめ

そんなに集まりたいのなら洩れなく楽団にはひつてもらひます

まづは喇叭の吹きかたからですこれでもうなんでも始められます

蹴られるのも爪をたてられるのも母さんなんでもありなんだもの

ロバイヌネコニハトリロバイヌネコニハトリロロバイヌネコニハトリ

*

あんなお舟がほしいさらさら短冊に書いた子がゐてね　さらさら

持てるだけもちなさいもつたらもてなくてももたされるんですいいね

通つたところ

通つたところは覚えてゐるものだよ危ないはうへむかつてゐる

少ないのがよくないのだからゆづつてでも幅はひろげておくんだ
蟹くひざるつてのは弱いはうが喰はれつぱなしつてことだものね

近くにゐるそれだけのことだからひとりづつにならいつでもなれる

花だつたらはなでかまひません花のことだけおもつてゐませうね

風防がらすのかけらをこすつてわかるものだけ手をあげてごらん

伸びるのをまつて切つた爪なんだつてみせてもらつておくんだつた

同じくらゐの力のところへまちがつてもちこまないでおきな

道にかかれてゐる花はいいですかふつてくるのが雨のうちだけ

半ぶんをこえたら手放しなさいそれまでの花ではなくなります

さうだよ立つてるやつはたつてゐる転がるのはいつも子機だものな

目だたないところには匿すなつてさがす奴だつてみんなさうする

ほらこんな大きなものが動いてゐるのにうしろのしやうめんだれだ

うしろからの目線ですから気にしません海におふねを浮かばせて

匂ひづけうすれてゐるがこの坂を転がつたならそこがさうだよ

遣らず

吐菩加美　ほっ　依身多女　ほっ

加藤道夫「なよたけ」

遣らずといふけどよく降るねえあぢさゐの毬をさげてだれかくるよ

もの怖ぢする子なんだよ行つてまゐりますとかそんなのとてもとても

こはがつてゐないのになにもしやしないよねかま鼬がかいおまへ

寄り道せずに帰つておいでかへれるのをよりみちといふんだけど

なんだ七生とはななたび生まれかはることやりなほしできるんだ

唾をつけるくらゐのことなんだらうやつてやれなくなるといふから

お伽噺つていいですねたいていは生きてをはれるぢやないですか

取りかへさうにはなんてつたつて手つとりばやい黍団子だよほら
わがはうの手負ひはなんでも雉の尾のこぼれたていどのそれはもう

笹につけて流してしまへばなかつたことあんなのはなかつたこと

いまになつて手なんかお振りで雨のなかだよおまへいつておあげよ

くわんこの声も旗の波もいいねそんなものおなじでいいねいいね

提灯のともしがそめた裾のことなにをよろこんでゐたのかねえ

二つさがつたのはよいことですが15でもこの重さはもてます

狼なんかあなたきませんつぎのもそのつぎにくるのもうそつき

笹舟にささの葉のせてなんとせうなんとせういえこれはささぶね

ささの葉にかくれてみえて紙ひかうきよりもお舟はおほきいなあ

ご放念をつておまへいいのかい空母だよくうぼ降りないのかい

ほらいまになかの海鳥がつつこむよなんとか隊だよどうしよう

舟のうへだらうとみづだらうと飛んできたのだから種は落ちます

菖蒲はもう下ろしておかうよ入らないのなら湯は落としておくよ

あれいまも召されるかたがおいでだが母さんお歌のことだつてば

おほきみのどこに死なめつてのかねえいいかげんにおしよ笹のかげ

まさ子さまだよおまへにもどうだらう盆提灯みづにともつたよ

用をすませた栗の花がおちてゐてなあどれもいろが濃くてなあ

南溟とかあの子出まかせいつて降りてきたら叱つておきますが

肩をまくらにねむつてゐたがささの声さらさら騒がしくなつて

大きいなあおほきいですかですよねえですからつてやだよやつぱり

あんじゆうる

草をかぶせておいたのが見えてゐていやなんでもないです犬です

引きとる人がこないからといふことでこの雨でもいぬのあつかひ

お棄てにはなつてませんがみたところあなたにも飼はれてゐましたね

届かないところへいつたのならもういいよ追ひつけなくはないけど

どこでどう越えたものだかおもしろいね川がですね右になります

どんな名をよんで走つたとおもふ悪いけどあんたではなかつたな

キハメテケンカウとつたへる平熱をこのさいですほめてください

なんでもいい犬死でやつてみませうかさせさせるさせればさせよ

いやほんたうに笑つてゐましたともあつけなくとほくなるんだもの

そこは認めますいたちごつこの尻つぽのはうがとほかつたんだから

それはもう手なんか振られてをりましたそんななかを還れるもんか

蜂だつたらこんなばあひ戻つてくるつもりで出ていくんだよなあ

だれでもないじぶんを放るんだから痛かつたとはおもひたいです

草をかぶせたつて足ではなく都合とかいふものにみえますけど

引きとらうとされてませんね犬ですかいいえ飼つてゐたことのはう

あとがき

「わたしのところで出しましょう。」

即決だった。またしても郡上大和である。フォーラムの控室でのこと、「歌集は」との問いに「先立つものが……」とこたえたときだった。相手は短歌研究社の國兼秀二氏、初対面の挨拶もそこそこである。

同席されていた講師の塚本青史氏と招いた小塩卓哉氏の証言を求める目になっていた。疾うにあきらめていた歌集だったのだ。

あとはこの本を手にされている現実に戻る。

またしてもというのは、何年か前に、こちらは角川「短歌」編集長の石川一郎氏に「短歌」巻頭へのお招きをいただいたのもここ郡上大和だったからである。思えば冨士田元彦氏に見出された「前線」以来のことであった。わたしの歌は歌集『前線』の氏の解説によって支えられ、ここまで来ることができたのだった。もうひと方、発表の場のないわたしに貴重な誌面をくださった個人誌「楽座」の高橋幸子氏、なんとしたことだ、お二人にこの歌集を手渡すことができないとは。どのような言葉も及ばない。これまでの歌集も多くの人の助けがなければどれ一つとして世に出なかった。だれが欠けていても平井弘はなかったと肝に銘じている。

なお、表題とした『遣らず』は加藤道夫の戯曲「なよたけ」によったものである。「なよたけ」は戦地に赴く加藤が遺した青春の遺書、ながくわたしの心にあった。〈なよたけ〉とは権力によって奪われる希望や愛、青春といったものの喩である。なよたけは天へ召されるのだ。「だれか青春の作家は現代の『なよたけ』を書け」といった劇作家矢代静一に応えたこれはわたしの「なよたけ」である。巻末の「あんじゅうる」と併せて読んでほしい。矢代の呼びかけから五十年を要している。すっかり老いぼれてしまったが、いまだからこそためらわず書名としよう。

秋雨の降る小涼しい朝である。わたしの四冊目となる歌集の原稿を國兼氏に送ろうとしている。有り得ないという思いがいまだに頭を離れない。いや、有り難いとはほんらいその意味あいの言葉だったはずである。

二〇二〇年　初秋

著者　識

初出一覧

ぐらでえしよん	率3号	二〇一三年
たむたむ	楽座54号	二〇〇九年
溜め池	井泉15号	二〇〇七年
むき（Oへ）	かばん8月号	二〇一一年
見るひと	短歌研究6月号	二〇一〇年
ハナミヅキ	短歌6月号	二〇一五年
キスケ	短歌5月号	二〇一六年
おまへが鴉だつたときに	短歌7月号	二〇一七年
だめ	現代短歌8月号	二〇一七年
群れのかたち	短歌12月号	二〇一八年

鳩	短歌6月号	二〇一九年
こちらがは	短歌研究7月号	二〇一九年
ぼつくひ	短歌1月号	二〇一九年
通つたところ	短歌研究7月号	二〇二〇年
遺らず	短歌2月号	二〇二〇年
あんじゆうる	ねむらない樹2号	二〇一九年

現代短歌雁64~66号　二〇〇七~二〇〇八年
楽座46~72号　二〇〇七~二〇一三年

検印
省略

令和三年三月十日　印刷発行

歌集　遣《や》らず

定価　本体二五〇〇円（税別）

著　者　平《ひら》井《い》弘《ひろし》

発行者　國兼秀二

発行所　短歌研究社

郵便番号一一二―〇〇一三
東京都文京区音羽一―一七―一四　音羽YKビル
電　話〇三（三九四四）四八二二・四八三三
振　替〇〇一九〇―九―二四三七五番

印刷・製本　大日本印刷株式会社

ISBN978-4-86272-658-2 C0092 ¥2500E